AF603143

VENTE DU MARDI 21 FÉVRIER 1905

ANTIQUITÉS

ÉGYPTIENNES

GRECQUES ET ROMAINES

Henri LEMAN

EXPERT

PARIS — 1905

MACON, PROTAT FRÈRES, IMPRIMEURS.

ANTIQUITÉS

ÉGYPTIENNES

GRECQUES ET ROMAINES

BRONZES — TERRES ÉMAILLÉES — SCARABÉES

JOLIE STATUETTE EN BRONZE INCRUSTÉ D'OR

VASES PEINTS — TERRES CUITES — VERRES

SCULPTURES, ETC.

VENTE A PARIS, Hôtel Drouot, Salle n° 8.

Le Mardi 21 Février 1905

A DEUX HEURES

Me Maurice DELESTRE
COMMISSAIRE-PRISEUR
5, rue Saint-Georges, 5.

M. Henri LEMAN
EXPERT
37, rue Laffitte, 37.

EXPOSITION PUBLIQUE : **Le Lundi 20 Février 1905**

De 1 h. 1/2 à 5 h. 1/2.

CONDITIONS DE LA VENTE

Elle sera faite au comptant.

Les acquéreurs paieront *dix pour cent* en sus des prix d'adjudication.

L'Exposition mettant le public à même de se rendre compte de l'état et de la nature des objets, il ne sera admis aucune réclamation une fois l'adjudication prononcée.

L'Expert se réserve la faculté de réunir ou de diviser les lots.

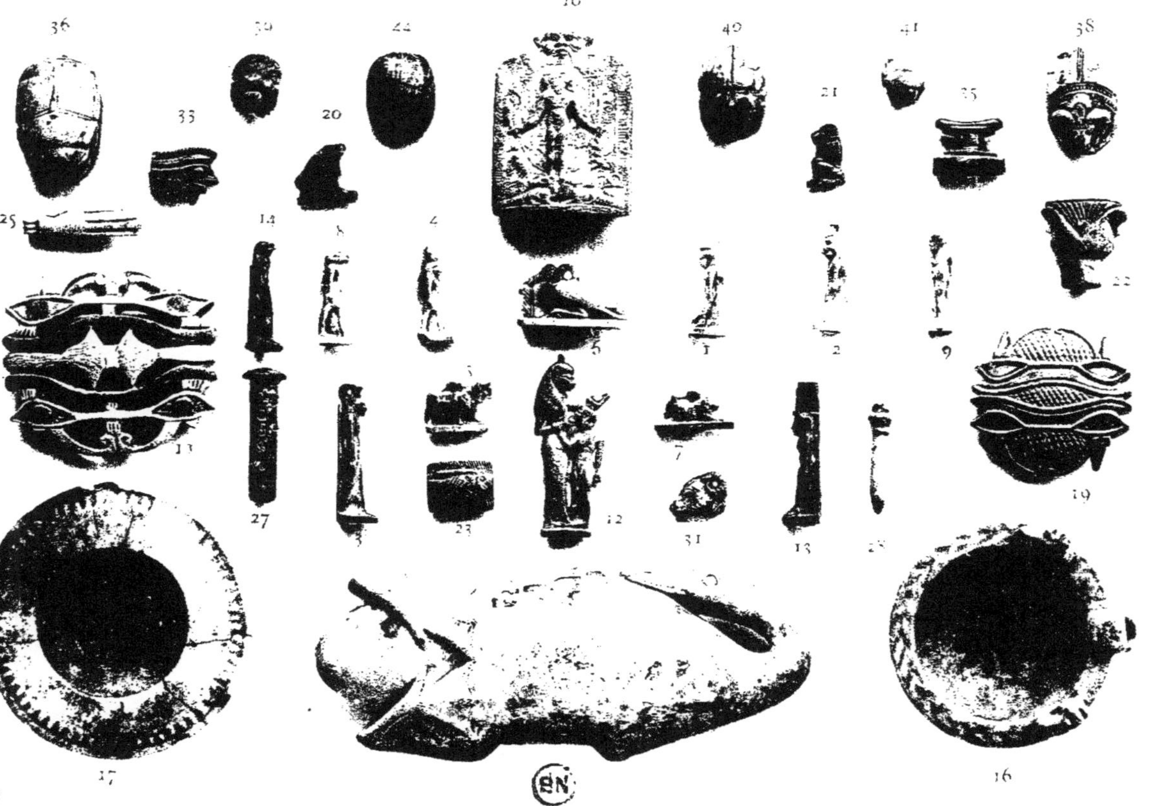

H. LEMAN, Expert.

Phototypie Berthaud, Paris

DÉSIGNATION DES OBJETS

ANTIQUITÉS

ÉGYPTIENNES

TERRES ÉMAILLÉES, PIERRES DURES

ETC.

1 Isis debout, adossée à un pilier. — Pièce très finement modelée. — Émail vert clair. — Haut. 0,031.

2 Horus à corps humain, adossé à un pilier, la tête coiffée du claft surmonté du pschent. — Émail vert clair. — Haut. 0,031.

3 Sokhit debout, en marche, les bras le long du corps. — La déesse est coiffée du claft surmonté de l'uréus. — Terre émaillée bleu lapis. — Haut. 0,04.

4 Horus à corps humain adossé à un pilier; il est coiffé du claft surmonté du disque orné de l'uréus. — Émail vert clair. — Haut. 0,029.

5 Apis en marche. — Émail vert. — Long. 0,02.

6 Ibis posé sur une base plate, les pattes repliées, le bec appuyé contre une longue plume. — Émail vert. — Jolie pièce, très fine. — Long. 0,032.

7 Taureau et lion adossés et disposés, les pattes étendues, sur une base rectangulaire. — Émail vert. — Long. 0,023.

8 Noum, debout, en marche, vêtu de la schenti, les bras le long du corps. — Émail vert. — Jolie pièce d'une finesse exceptionnelle. — Haut. 0,028.

9 Ptah, mumiforme, tenant devant lui le sceptre à tête de lévrier. — Émail vert. — Jolie pièce. — Haut. 0,030.

10 Petit haut relief représentant Horus debout sur les crocodiles et tenant un scorpion, un lion, deux serpents et une gazelle. Au-dessus du dieu, grimace la tête du monstre Bès. Le monument est entièrement couvert d'inscriptions hiéroglyphiques avec nombreux personnages. — Jolie pièce finement sculptée en pierre grise. — Haut. 0,054. — Larg. 0,04.

11 Plaquette découpée en terre émaillée représentant quatre *oudjas* accolés deux à deux et séparés par deux fleurs de lotus. — Cette plaquette est à double face, émaillée vert d'un côté, elle est polychromée au revers. — Long. 0,061. — Larg. 0,055.

12 Plaquette découpée et ajourée à double face, en pâte de verre bleu lapis, représentant Isis debout, allaitant Horus, debout devant elle. — Curieuse variante du sujet habituel. — Belle pièce. — Haut. 0,053.

13 Isis debout, les bras le long du corps, coiffée du claft surmonté de l'insigne habituel. — Très jolie pièce en lapis-lazuli. — Haut. 0,04.

14 Horus à corps humain debout, adossé à un pilier, les bras le long du corps, la jambe gauche avancée. Il est vêtu de la schenti et coiffé du claft. — Jolie pièce en lapis-lazuli. — Haut. 0,032.

15 Anubis debout et tenant devant lui un nilomètre. — Pièce rare en lapis-lazuli. — Haut. 0,019.

84

16 Petite coupe circulaire et creuse en terre émaillée bleu turquoise, ornée au fond d'une rosace et sur la bordure d'une frise de fleurettes, imprimée en couleur foncée. — Le déversoir est surmonté d'une petite grenouille et de deux béliers couchés. — Diam. 0,065.

17 Petite coupe creuse à large rebord en terre émaillée bleu clair. — Le fond est orné d'une rosace imprimée en noir, et la bordure, d'un cercle de dentelures imprimé en bleu foncé. — Diam. 0,08.

18 Godet double en terre émaillée, formé d'une plaque rectangulaire à deux cavités. Le bord est décoré d'ornements géométriques et de rosaces. — Long. 0,05. — Larg. 0,025.

19 Plaquette en terre émaillée à double face; d'un côté, quatre *oudjas* disposés deux à deux. Au ℞., un seul *oudja* au milieu d'une ornementation gaufrée. — Émail vert. — Long. 0,045. — Larg. 0,042.

20 Grenouille en pâte de verre bleu. — Haut. 0,018.

21 Cynocéphale assis. — Amulette applique en serpentine. — Haut. 0,018.

22 Petit chapiteau en terre émaillée, à décor de feuilles de palmier. — Haut. 0,025.

23 Pièce de coiffure formée de cinq plumes. Émail bleu lapis. — Perle ovoïde en émail vert. — Petite plaquette ornée d'un poisson en relief. — Perle longue et cannelée en verre antique. — Quatre pièces.

24 Couronne blanche. Pièce votive en terre émaillée. — Haut. 0,032.

25 Main ouverte, les doigts joints et allongés. Anneau de suspension au poignet. — Terre émaillée verte. — Long. 0,035.

26 Perle oviforme en terre émaillée, ornée d'un petit tableau ajouré représentant un personnage accroupi entre deux uréus. — Haut. 0,025.

27 Petite colonnette en bronze ornée de fines incrustations d'argent. — Haut. 0,038.

28 Jolie colonnette en feldspath vert. — Haut. 0,033.

29 Deux doigts réunis : l'index et le médius; les ongles et les phalanges sont indiqués par des gravures au trait. — Hématite. — Long. 0,08.

30 Aile de vautour en pâte de verre bleu lapis. Le plumage est indiqué par de fines gravures. — Long. 0,076.

31 Tête de bélier de profil à gauche. — Amulette applique en prime d'émeraude. — Long. 0,012.

32 Pendentif ornemental en terre émaillée, en forme de grappe de raisin. — Haut. 0,10.

33 Oudja. Pâte de verre bleu lapis. — Long. 0,019.

34 Oudja et trois fleurs de lotus. — L'oudja a la pupille et l'arcade sourcillière en émail noir. — Émail gros bleu.

35 Chevet, cœur, canard, etc. — Cinq amulettes en pierre dure.

36 Joli scarabée en feldspath vert avec sept lignes d'inscriptions hiéroglyphiques. — Long. 0,037.

37 Grand scarabée en terre émaillée, le plat est orné d'un cartouche hiéroglyphique entre deux uréus.

38 Scarabée en terre émaillée, à tête de bélier. — Le plat est orné d'inscriptions. — Long. 0,03.

39 Scarabéoïde à tête d'épervier. — Jolie pièce finement sculptée en lapis-lazuli. — Long. 0,019.

40 Joli scarabée en feldspath. — Long. 0,025.

41 Petit scarabée en feldspath vert. — Long. 0,017.

42 Scarabée en lapis-lazuli. — Long. 0,025.

43 Petit scarabée en lapis-lazuli. — Long. 0,017.

44 Scarabée en améthyste. — Long. 0,025.

45 Grand scarabée en pierre dure. — Le plat est gravé d'inscriptions hiéroglyphiques. — Long. 0,08.

46 Grand scarabée en prime d'émeraude. — Couleur exceptionnelle. — Long. 0,07.

47 Scarabée en lapis-lazuli. — Scarabée en terre émaillée. — Deux pièces.

48 Douze très petits scarabées disposés en deux rangées de six, sur une base plate dont le revers est couvert d'inscriptions hiéroglyphiques en creux. — Émail bleu turquoise. — Long. 0,018. — Larg. 0,010.

49 Épervier en feldspath gris. — Haut. 0,10.

50 Joli couvercle de canope à tête d'Amset en albâtre rubanné. — La tête finement sculptée est couverte du claft rayé. — Haut. 0,13.

51 Jolie cuillère à parfums simulant une oie, les pattes sont étendues sous le corps, le cou replié, le bec allongé. — Calcaire. — Long. 0,14.

52 Haut relief sculpté, représentant Horus debout sur les crocodiles et tenant un scorpion, un lion, deux serpents et une gazelle. — Au-dessus du dieu grimace la tête du monstre Bès. — Le monument est couvert d'inscriptions hiéroglyphiques. — Serpentine. — Haut. 0,12. — Larg. 0,08.

53 Diverses pièces égyptiennes en terre calcaire, terre cuite, bois, etc. — Briques et fragments de stèles avec inscriptions hiéroglyphiques. Tête, pied, épervier, statuettes, etc.

Pl. II

54

H. Leman, Expert.

Phototypie Berthaud, Paris

BRONZES

54 Très jolie statuette de *MONTOU* en bronze niellé d'or. — Le dieu à tête d'épervier est en marche, la jambe gauche avancée ; la main droite pend le long du corps, le bras gauche est tendu en avant, la main tenait la *Khopesh*. — Il est coiffé du claft, paré d'un collier niellé d'or et vêtu de la shenti qui est maintenue par une ceinture portant des ornements et une inscription en or, au nom de *Montou, seigneur de Thèbes le vaillant*. — La statuette repose sur une base rectangulaire en bronze ornée d'inscriptions gravées. — Les plumes qui surmontaient le claft et la Khopesh ont disparu. — Socle en marbre jaune. — Pièce exceptionnelle. — Haut. 0,153. 2.180

55 Jolie et grande statuette de chat assis, le cou paré d'un collier orné d'un oudja. — Socle en marbre jaune. — Haut. 0,23. 890

56 Horus debout sur un baquet de crocodiles. — Le dieu est coiffé des cornes, du disque et des plumes. Une queue d'épervier est attachée à sa ceinture et pend derrière son dos. Il porte un collier orné de têtes d'animaux, et deux larges ailes éployées sont disposées aux épaules. — Sur le baquet, inscriptions hiéroglyphiques. — Socle en marbre. — Haut. 0,105.

57 Bès, les mains appuyées sur les cuisses, debout sur un chapiteau lotiforme, accoté de deux lions couchés. — Socle en marbre. — Haut. 0,065.

58 Amon debout, en marche, coiffé de plumes, vêtu d'une longue tunique. Le bras droit levé tenait un sceptre. — Socle en marbre jaune. — Haut. 0,11.

59 Bast debout, en marche, vêtue d'une tunique gravée, tenant le sistre de la main droite et l'égide à tête de lionne de la main gauche. — Un panier est passé à son bras. — Socle en marbre jaune. — Haut. 0,11.

60 Horus enfant, en marche, l'index rapproché des lèvres. — Socle en marbre jaune. — Haut. 0,085.

61 Harpocrate debout, l'index rapproché des lèvres, et tenant une corne d'abondance sur son bras gauche. — Bronze égypto-romain. — Socle en marbre. — Haut. 0,08.

62 Statuette d'homme vu à mi-corps et tenant une oie. — Base triangulaire terminée par un fleuron duquel émerge la statuette. — Bronze égypto-romain. — Socle en marbre jaune. — Haut. 0, 075.

63 Bras gauche et partie supérieure du corps d'une grande statuette égyptienne.

64 Six statuettes : Bast, Isis, Osiris, Horus, Sokhit, Isis et Horus.

65 Divers bronzes égyptiens. Divinités et attributs.

71

69

68

66

67

H. Leman, Expert.

Phototypie Berthaud, Paris

ANTIQUITÉS

GRECQUES ET ROMAINES

BRONZES

66 Très jolie statuette d'homme nu debout, la jambe droite avancée. Le bras droit légèrement replié est porté en avant. — Le bras gauche est cassé. — La musculature est remarquablement indiquée. — Socle en marbre. — Haut. 0,11.

67 Apollon debout, couronné de fleurs. Le bas du corps est couvert par une draperie retenue sur le bras gauche. — Le bras droit, brisé en partie, était étendu latéralement. — Jolie patine vert clair. — Socle en marbre rouge. — Haut. 0,15.

68 Taureau bondissant. — La tête est légèrement détournée, il est ramassé sur ses pattes de derrière, les pattes de devant sont allongées. — Belle pièce. — Support en marbre. — Long. 0,16.

69 Panthère tournée vers la gauche, la patte de devant levée et posée sur un disque orné d'une tête humaine. — Joli bronze romain à patine verte. — Socle en marbre vert. — Long. 0,08.

70 Panthère couchée, les pattes de devant étendues ; les mouchetures de la peau sont indiquées par un semis de points clos. — Base en porphyre rouge. — Long. 0,045.

71 Bélier debout, la tête surmontée de la coiffure égyptienne : le disque entre les uréus posé sur les deux cornes. — La toison est finement ciselée. — Joli bronze égypto-grec. — Socle en porphyre rouge. — Haut. 0,095.

72 Pièce de décor de siège en bronze antique, formée d'une feuille de palmier terminée par un enroulement et sous laquelle est un protome de taureau d'ancien style. — Jolie pièce. — Patine gris-fer. — Haut 0,15.

73 Extrémité de timon de char décoré d'une jolie tête de bélier. — Bronze à patine noire. — Long. 0,10.

74 Poids byzantin en bronze avec les lettres Γο B incrustées d'argent.

75 Main tenant une flèche. — Spatule en bronze. — Deux pièces.

76 Statuette d'homme debout, imberbe, la tête ornée d'un diadème. — Il est drapé dans un ample manteau dont un pan est rejeté sur son épaule. Les mains ouvertes sont avancées. — Étrurie. — Haut. 0,11. — Belle patine verte. — Socle en marbre jaune.

77 Miroir en bronze antique avec manche terminé par une tête de chevreuil. — Le disque est gravé d'un sujet à personnages. — Jolie patine verte. — Diam. 0,11.

78 Pied d'ustensile en forme de patte de lion, surmontée d'un fleuron duquel émerge une femme ailée vue à mi-corps et coiffée du claft. — Bronze égypto-grec. — Patine verte. — Haut. 0,11.

VERRES

79 Importante collection de pâtes de verre, représentant des intailles et des camées à sujets variés, de formes, de dimensions et de couleurs différentes. — Rome. — Environ cinquante pièces.

80 Curieuse collection de fragments de verres antiques décorés en relief de rinceaux, mascarons, personnages, têtes, etc., de couleurs variées. — Environ quarante pièces. — Rome.

81 Dix pâtes de verre représentant des intailles ou des camées à sujets variés : Tête de bélier, Victoire, Amours, bélier, sauterelle, etc. — Toutes ces pièces sont d'une irisation remarquable. — Rome.

82 Deux fragments d'une large plaque en verre à décor en haut relief de personnages et de trophées guerriers.

83 Curieux fragment d'un verre antique à reliefs de grandes dimensions et orné d'une figure de jeune femme couchée et appuyée sur une panthère. — L'ornementation en bas-relief est en pâte verte et le fond du verre est blanc.

84 Fragment d'une coupe en verre antique décorée d'un grand médaillon à personnage simulant un camée. — Pâte blanche opaque sur fond gros bleu.

85 Fragment d'une grande plaque en verre bleu, ornée de personnages et d'ornements peints.

86 Petite coupe creuse à rebord évasé en verre antique. — Jolie irisation. — Diam. 0,075.

87 Vingt pièces en verre antique : Coupes, flacons, bouteilles de formes et de dimensions variées. — Ce lot sera divisé.

TERRES CUITES

88 Jolie statuette de jeune femme debout, entièrement drapée dans un ample manteau lui voilant la tête et laissant seulement le haut du visage à découvert. Tanagra. — Haut. 0,25.

89 Jolie statuette de jeune femme debout, la tête tournée légèrement vers la droite. Elle est drapée dans un ample manteau lui couvrant également la tête et tient de sa main gauche un éventail. Tanagra. — Haut. 0,25.

90 Tête de femme finement modelée, la tête couverte en partie par un bandeau, les cheveux relevés de chaque côté. — Haut. 0,075.

91 Statuette de femme debout vêtue d'une ample robe à plis, la tête est coiffée d'un volumineux diadème uni. — Asie-Mineure. — Haut. 0,27.

Pl. IV

88

55

89

H. Leman, Expert.

Phototypie Berthaud, Paris

92 Statuette de femme debout, vêtue d'une longue tunique à plis. — Asie-Mineure. — Haut. 0,27.

93 Statuette analogue. — Haut. 0,23.

94 Statuette de femme debout, vêtue d'un ample manteau lui voilant la tête, maintenant sa draperie de la main droite et tenant un coffret ouvert de la main gauche. — Base circulaire moulurée. — Haut. 0,23.

95 Statuette de femme debout, une draperie voile la tête et couvre les jambes, laissant le corps nu. — La main droite est ramenée près de la tête, la main gauche abaissée tient une corbeille. — Base ronde moulurée. — Asie-Mineure. — Haut. 0,21.

96 Statuette de femme assise sur un trône. Elle est drapée dans une chlamyde lui couvrant la tête. — Les oreilles sont parées de bijoux. Un masque scénique est à son côté. — Chypre. — Haut. 0,15.

97 Trois petites statuettes en terre cuite.

98 Tête de femme voilée.

VASES PEINTS ET POTERIE

99 Petit lécythe à panse sphérique. — Un Amour agenouillé offre une couronne à une jeune femme assise à gauche et tenant une corbeille. — Entre eux un jeune enfant debout. — Peinture rouge avec rehauts de blanc sur fond noir. — Haut. 0,09.

100 Vase en forme d'amande sèche. Le corps du vase, de couleur jaune, est surmonté d'un petit goulot évasé et de deux petites anses noires. — Haut. 0,115.

(Collection de Somzée.)

101 Œnochoé à goulot trilobé, orné d'un tableau représentant Dionysos conduisant un quadrige. — Peinture noire sur fond orange. — Haut. 0,25.

102 Cylix. Au fond, un médaillon avec personnage debout, les jambes croisées, appuyé sur un bâton. — A l'extérieur, frise de personnages et de cavaliers. — Diam. 0,15.

103 Coupe à couvercle à décor de personnages. — Dessin rouge sur fond noir. — Diam. 0,18.

104 Grand lécythe décoré de deux personnages peints en rouge sur fond noir. — Haut. 0,36.

105 Lécythe blanc. — Haut. 0,31.

106 Coupe profonde à deux anses, à décor de chimères en noir et rouge sur fond jaune. — Corinthe. — Haut. 0,07.

107 Hydrie en terre noire à panse cannelée au moyen de fins godrons. — Haut. 0,36.

108 Très grand vase en terre noire à décor de sphinx et d'ornements divers en bas-relief, et de masques barbus en haut relief. — Italie. — Haut. 0,57.

109 Vase à panse ovoïde à deux anses, à décor de personnages, peinture rouge sur fond noir. — Haut. 0,36.

110 Vase peint à deux anses à décor de personnages peints en rouge sur fond noir. — Haut. 0,24.

111 Coupe creuse à deux anses en terre rouge, à décor géométrique. — Diam. 0,18.

112 Petit lécythe en terre noire, orné d'un sphinx devant un arbre. — Olpé en terre noire vernissée, décoré d'une guirlande d'oves gravés autour de la panse. — Deux pièces.

113 Lécythe en terre noire vernissée, à panse ovoïde cannelée. — Haut. 0,14.

114 Guttus à anse surélevée, décoré d'un cygne et d'un lion. — Peinture rouge sur fond noir. — Long. 0,11.

115 Coupe couverte sur piédouche, à deux anses surélevées. — Chypre.

116 Trois petits vases en terre cuite à décor géométrique. — Chypre.

117 Sept très petits vases en terre cuite à décor varié. — L'un d'eux en forme de coquille.

118 Divers vases de formes variées. — Chypre.

119 Aryballes, aiguières, lécythes. — Diverses pièces en terre cuite. — Chypre.

120 Lampe à deux becs, décorée d'une rosace à reliefs et d'une anse triangulaire ornée d'une palmette.

121 Trois lampes en terre cuite antique, à décor de bélier, d'amour et de bouc.

122 Candélabre en terre cuite, de forme cylindrique, à décor de croisillons, rinceaux et ornements géométriques. — Haut. 0,40.

123 Lot de vases, coupes, assiettes, bols, etc., en terre cuite antique, de diverses provenances. — Ce lot sera divisé.

SCULPTURES. OBJETS DIVERS

124 Haut relief en pierre calcaire représentant une femme à mi-corps. — Elle est drapée dans un ample manteau garni de broderies, voilant la tête et laissant les mains à découvert. — Le front est orné d'une large couronne finement ciselée ; les oreilles sont parées de jolis pendants, et un collier à plusieurs rangs de perles et de palmettes lui couvre la gorge. — Inscriptions palmyréniennes gravées sur le fond. — Haut. 0,55. — Larg. 0,40.

124

125

H. Leman, Expert.

Phototypie Berthaud, Paris

H. Leman, Expert.

Phototypie Berthaud. Paris

125 Haut relief en pierre calcaire représentant un homme à mi-corps. — Il est imberbe, la tête ceinte d'une haute coiffure ronde ornée d'une couronne de feuilles et drapé dans une chlamyde garnie de broderies, retenue sur l'épaule droite par une fibule, et laissant voir une tunique plissée et une large ceinture fermée par une plaque décorée d'une gerbe de feuilles et d'un encadrement de perles. Il tient un vase et une coupe richement ciselés. — Inscriptions palmyréniennes gravées sur le fond. — Haut. 0,60. — Larg. 0,50.

126 Camée en sardonyx à deux couches. — Masque scénique sculpté en très haut relief. — Haut. 0,035.

127 Moule à bijoux en serpentine, sculpté et gravé sur les deux côtés. — Phénicie.

128 Collection de moules en pierre ayant servi à fondre ou à estamper des bijoux d'or. On remarque notamment : *Un buste de femme drapé. — Un sphinx couché. — Une plaque avec inscriptions arabes. — Une autre plaquette de forme triangulaire, de nombreux ornements, des médailles, des boucles d'oreilles, etc.* — Il y a dix-neuf moules dont quelques-uns à double face. — Phénicie.

129 Manche de couteau en ivoire en forme de patte de bœuf. Il subsiste une partie de la lame repliée sur le manche. — Long. 0,085.

130 Manche de couteau en ivoire en forme de lion. — Long. 0,075.

131 Deux manches de couteaux en ivoire, l'un orné d'une tête de chien, l'autre d'une tête de lion.

132 Trois pions de jeu en ivoire décorés d'ornements gravés.

133 Petit vase en ivoire.

134 Deux pyxides et un lot de pions de jeu et de boutons en os et en ivoire.

135 Haut relief en albâtre représentant la mise au tombeau. Cadre en bois garni de parchemin gaufré et doré. — Italie, XVIe siècle.

136 Pommeau d'épée en ivoire sculpté, à décor de fleurs de lis. — XVe siècle (?).

137 Deux pièces en ivoire à ornements sculptés et gravés.

138 Petite vitrine cage formée de cinq glaces réunies par une fine monture de fer poli. — La base est moulurée et le plateau est garni de velours rouge. — Long. 0,49. — Larg. 0,30. — Haut. 0,35.

MACON, PROTAT FRÈRES, IMPRIMEURS

www.ingramcontent.com/pod-product-compliance
Ingram Content Group UK Ltd.
Pitfield, Milton Keynes, MK11 3LW, UK
UKHW022001260726
13994UKWH00004B/1891